- HERGÉ -

LES AVENTURES DE TINTIN

TINTIN AU CONGO

casterman

**Les Aventures de TINTIN et MILOU
sont disponibles dans les langues suivantes :**

allemand :	CARLSEN
alsaclen :	CASTERMAN
anglais :	EGMONT
	LITTLE, BROWN & Co.
basque :	ELKAR
bengali :	ANANDA
bernois :	EMMENTALER DRUCK
breton :	AN HERE
catalan :	CASTERMAN
chinois :	CASTERMAN/CHINA CHILDREN PUBLISHING GROUP
cinghalais :	CASTERMAN
coréen :	CASTERMAN/SOL PUBLISHING
corse :	CASTERMAN
danois :	CARLSEN
espagnol :	CASTERMAN
espéranto :	ESPERANTIX/CASTERMAN
finlandais :	OTAVA
français :	CASTERMAN
gallo :	RUE DES SCRIBES
gaumais :	CASTERMAN
grec :	CASTERMAN
indonésien :	INDIRA
italien :	CASTERMAN
japonais :	FUKUINKAN
khmer :	CASTERMAN
latin :	ELI/CASTERMAN
luxembourgeois :	IMPRIMERIE SAINT-PAUL
néerlandais :	CASTERMAN
norvégien :	EGMONT
occitan :	CASTERMAN
picard tournaisien :	CASTERMAN
polonais :	CASTERMAN/TWOJ KOMIKS
portugais :	CASTERMAN
romanche :	LIGIA ROMONTSCHA
russe :	CASTERMAN
serbo-croate :	DECJE NOVINE
slovène :	UCILA
suédois :	BONNIER CARLSEN
thaï :	CASTERMAN
turc :	INKILAP PUBLISHING
tibétain :	CASTERMAN

www.casterman.com
www.tintin.com

ISBN 2 203 00101 1
ISSN 0750-1110

TINTIN AU CONGO

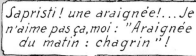

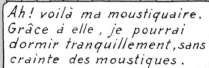
Ah! voilà ma moustiquaire. Grâce à elle, je pourrai dormir tranquillement, sans crainte des moustiques.

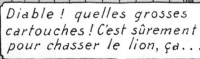
Diable! quelles grosses cartouches! C'est sûrement pour chasser le lion, ça...

SAUVE QUI PEUT!... NOUS COULONS!...

Vite, vite, notre bouée de sauvetage!...

Impossible de me servir de cet engin...

Sauve qui peut!...

Un perroquet!...Ce n'est qu'un stupide perroquet!...

Sauve qui peut!...

Stupide animal...

WOOOOUAAAH!...

Ça, mon ami, tu vas me le payer cher!

Sauve qui peut!

Que se passe-t-il dans ma cabine ?

Milou, malheureux! as-tu songé à la psittacose ?

Jacko est content!...

Il est parti?... Dis, Tintin, crois-tu que je pourrais attraper la psittacose ?

Nous verrons ça demain...

Le lendemain matin...

?

Mon pauvre Milou, comme te voilà mal en point!... Vite, allons voir le médecin du bord...

Eh bien! il ne commence pas mal du tout, ce voyage!...

Il a été mordu par un perroquet... Est-ce que... qu'en pensez-vous, docteur ?... La psittacose?...

Peut-être... Nous allons voir...

Hem... Oui, je vois... Non, rien de grave... Nous allons faire une petite incision...

Allons, Milou, du courage! Tu verras, ce sera vite fait.

Sois tranquille, Tintin, j'en ai vu d'autres...

Eh bien, Milou, qu'y a-t-il ?

Ça, jamais!... Plutôt mourir!...

Mais n'aie pas peur, grand sot!...Tu vois bien que c'est le charpentier du bord. Ce n'est pas lui qui va t'opérer, voyons!

Allons, sois raisonnable maintenant...

Oh! ce n'est pas que j'aie eu peur. Seulement, je...il...enfin... Tu comprends?...

Voilà. Je suis à vous...

Sois bien sage, mon petit chien. Ce ne sera pas long.

WOUAAAAAAAAH!

Voilà, voilà.... C'est fini...C'est fini...

Vous voyez, ça n'a pas duré longtemps.

Tralalala! me voilà guéri!

Je vous remercie, docteur: vous avez sauvé Milou.

Au revoir. Et surtout, é-vitez ce perroquet!

Soyez tranquille!

WOUAAAAAAH!

?

Oh! pardon, mon pauvre Milou!...Décidément, tu n'as pas de cha――nce...

Allons, viens. Nous allons faire une petite prome-nade sur le pont.

?

Sauve qui peut!...Jacko est content!...

Lui!...Encore lui!...Cette fois, je vais faire un malheur!...

④

Un homme à la mer!...

Stop!

Vite, jetons à Milou ce câble métallique...

Tiens - toi bien, Milou, je vais te hisser sur le pont...

Attention! un poisson - torpille!

Aïe! il en a attrapé décharge électrique!...Ça y en a pas bon!

Attrape, missié chien!...

Ouf! il était temps!...

Attention! le voilà qui revient à la charge!

Son cœur bat-il encore?... Il n'est pas mort, n'est-ce pas?... Répondez-moi, docteur...

Taisez-vous donc, je n'entends rien...

Tout va bien: il vit!

Quel bonheur!

Nous allons pratiquer la respiration artificielle et, dans quelques instants, vous verrez, il reprendra connaissance...

Eh bien, mon vieux Milou, tu reviens de loin...

Et maintenant, nous allons changer de vêtements. Ensuite, nous prendrons un repos bien mérité.

Plusieurs jours ont passé...

Et voilà l'Afrique, mon brave Milou...

Ti vois ce grand bateau, Boule de neige?... Eh bien, ça y en a Tintin et Milou sur ce bateau...

Vive Tintin!

Vive Milou!

Vive Tintin!

Vivent Tintin et Milou!

VIVENT TINTIN ET MILOU

Patience, mon ami!... Rira bien qui rira le dernier!...

Et le soir, à l'hôtel...

A présent, Milou, il est temps d'aller dormir...

Ça, c'est une idée!

Maintenant que nous sommes de nouveau sur le plancher des vaches, je sens que je vais ronfler comme une marmotte.

Oh! Oh! des moustiques...

Heureusement, chacun sait que les moustiques ne piquent pas les chiens...

WOUAAAAAAAH!

...mais on dirait que les moustiques, eux, ne le savent pas!

WOUAAAAAH!

Le lendemain matin...

Eh bien, Milou, tu as passé une bonne nuit?

Oh! mon pauvre vieux Milou! comme te voilà arrangé!... Voilà ce qui arrive lorsqu'on dort sans mousti-quaire!... Nous allons tout de suite te soigner...

TOC
TOC
TOC
TOC

Entrez !

Mister Tintin ?...

C'est moi...

Mister Tintin, je suis chargé par le journal NEW YORK EVENING PRESS de vous offrir 5.000 dollars pour le reportage que vous allez faire en Afrique. Voici un chèque de 1.000 dollars, pour vos premiers frais, et voici le contrat... Voulez-vous signer ?...

Mister Tintin, le DAILY PAPER de Londres, dont je suis le représentant, vous offre 1.000 livres sterling pour l'exclusivité du récit de vos futures aventures en Afrique. Vous êtes d'accord, n'est-ce pas...

Plaît-il ?

Et moi, senhor Tintin, je représente le DIARIO DE LISBOA, de Lisbonne. Si Votre Excellence veut nous faire l'honneur de nous donner l'exclusivité de son reportage, nous nous ferons un plaisir de lui verser la somme de 50.000 escudos...

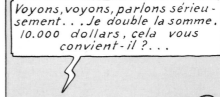

Voyons, voyons, parlons sérieusement... Je double la somme. 10.000 dollars, cela vous convient-il ?...

Que penses-tu de toutes ces propositions, toi ?

On se nous arrache, pas vrai ?...

Messieurs, je vous remercie. Vos propositions sont évidemment très intéressantes, mais je ne puis les accepter : je suis déjà engagé vis-à-vis d'autres journaux, auxquels j'ai donné l'exclusivité de mes reportages.

Et maintenant, si nous songions à notre voyage ?... Voyons, il nous faut un boy et une auto...

Oui, et n'oublions pas ma moustiquaire !

Alors, c'est entendu, Coco ?... Tu m'accompagneras durant tout mon voyage...

Bien, missié.

Une auto ?... Je crois que j'ai ce qu'il vous faut... Un excellent modèle transsaharien... Vous pouvez le prendre en confiance...

Et le lendemain matin...

Attends-nous ici, Coco, et garde bien la voiture... Je vais voir s'il y a du gibier...

Bien, missié.

Et moi, je vais prendre un bon bain!...

Ah! qu'il fait bon dans l'eau!... C'est merveilleux!...

Hissons-nous sur ce tronc d'arbre, et attendons Tintin...

Eh bien! où est-il, ce paresseux?...

?

!

?

Du sang-froid!... Il s'agit de ne pas toucher Milou...

Eh bien, puisqu'il aime tant ouvrir la gueule, profitons-en... ?

Voilà!...Et maintenant, à la recherche de Milou!...Milou!...Milou!...

Ah! te voilà, poltron!...

Poltron, moi?... Je...j'allais chercher du renfort...

Çà, par exemple!... C'est pourtant bien ici que j'avais laissé ma voiture...Où diable est-elle passée?...

C'est louche, ça...

Coco!...Coco!...

Où donc se cache-t-il?

C'est toi, missié Tintin?...Moi peux venir?...

? ?

Hi! hi! hi!...Ça y en a missié blanc venir et battre petit Noir...Coco li avoir peur...Et missié blanc parti avec tomobile...

Il ne faut jamais avoir peur, Coco!

Ah! c'est donc un Blanc qui a volé notre voiture?... Eh bien, gare à lui si je le rattrape!...

Dieu! quelle chaleur!... Si, au moins, il avait une panne... Sinon, nous ne le rejoindrons jamais.

Moi y en a chaud!...

Là-bas!...Notre auto!...Approchons-nous prudemment...Toi, Coco, attends-nous ici...

J'ai déjà vu cette tête-là quelque part...

Sale bagnole!...Impossible de la remettre en marche!...

Oh! oh! il est armé...

Si je pouvais, avec cette noix de coco...Allons-y, essayons de l'étourdir...

Zut!... Raté!...

Je le reconnais!...C'est le passager clandestin!...

Je suis mort!...

Des singes!...Ils m'ont vu lancer cette noix de coco, et ils m'ont imité, avec plus de succès!

Ligotons cet individu. Nous le remettrons au premier poste de police que nous rencontrerons.

Il est moins fier qu'à bord...

Et maintenant, Coco, tu vas dresser la tente et allumer le feu. Moi, je vais m'occuper du dîner...

Voilà. Dissimulons-nous ici, et attendons...

Attention! voilà notre repas qui vient...

PAN

?

Eh bien?...

Malheur!...Impossible de tirer : je risque d'atteindre Milou!

WOUAAAAH!

WOUAAAAH!

Si je le poursuis, il va s'enfuir, et je ne pourrai plus le rattraper...Il va falloir employer la ruse.

Tintin!...Tintin!...Ne m'abandonne pas!...

J'ai une idée!...Mais, avant tout, découvrir un autre singe...

En voilà un!... Feu sur lui!...

PAN

Parfait!...Et maintenant, dépouillons-le de sa peau...

Evidemment, ce costume n'a pas été coupé sur mesure mais, bah! tant pis, ça ira...

Comme ça, je pourrai m'approcher de l'autre sans éveiller sa méfiance.

Tout va bien, il ne m'a pas encore vu...

? ?

Ton chapeau est joli. Donne-le-moi en échange de ce petit animal...

N'aie pas peur, Milou! C'est moi!

Pas possible!...

Eh bien! que nous veut-il encore?...

Tu possèdes un bien beau fusil. Donne-le-moi, et je te rends ton chapeau...

?

?

Jamais de la vie!... Et pour commencer, ce chapeau m'appartient!

Ton fu-sil!... Il me faut ton fu-sil!...

Bas les pattes, mon gaillard!...Tu ne te figures tout de même pas que ça va se passer ainsi?

Attention: ça va barder!...

Chic!

!

Et la prochaine fois, je me fâcherai!...Compris?...

J'espère que nous allons enfin pouvoir dîner tranquillement...

Je l'espère aussi: toutes ces émotions m'ont creusé...

Bonsoir, Coco!

Ça mauvais!...Ça y en a singe parlant!...Ça y en a mangé Tintin!...

Comment peut-on avoir peur d'un pauvre petit singe?

Allons, Coco, sois sans crainte: c'est moi, en chair et en os. Prépare-nous plutôt cette antilope.

Alors, toi y en a pas singe?...Bien sûr?...

Et notre prisonnier, Co-co?... Comment va-t-il?...

Très bien, missié. Li toujours dans la tomobile...

Le lendemain matin...

Missié!...Missié!...Li prisonnier li parti!...

Bah, tant pis!...Laissons-le courir, et continuons notre route.

Tiens, une voie ferrée...

Eh bien, quoi?...Que se passe-t-il?...Impossible de franchir ce rail...

Mon Dieu! ce bruit...

Horreur! ce train va nous broyer!...

BOUM

Déblayons d'abord la voie...

Li Noirs li plus fâchés: Coco li peut revenir...

Et en route!...

CHEF DE STATION ?

Défense de traverser la voie sans l'autorisation du chef de gare.

Toi pas partir!...Toi y en a venir avec nous chez les Babaoro'm!

Salut à toi, puissant roi des Babaoro'm!

Salut à toi, noble étranger!

Toi y en a bon Blanc. Toi y en a rester ici. Demain, toi y en a chasser seigneur lion avec les Babaoro'm.

Votre Majesté est trop bonne.

Le lendemain...

WAHRRRRRRRRR!

— Où suis-je?...

Mon Dieu! que s'est-il passé?... Et Milou?... Où est Milou?

Mon brave Milou!... Comment as-tu osé t'attaquer à ce fauve?... Sans toi, j'étais dévoré...

Oh! tu sais, un lion, ça n'est pas si terrible que ça en a l'air...

Allons rejoindre les autres chasseurs, maintenant.

Allons-y! Et que le lion prenne garde!

Ses rugissements sont de plus en plus féroces...

WAAHRRRRRRW WAHRRRRRR

Missié blanc, toi y en a sauver nous! Li seigneur lion li devenu enragé!

Ça va: nous arrivons...

!?

Comment, c'est encore vous?...Allez-vous bientôt cesser de faire le méchant?

Horreur et sacrilège! Li Blanc y en a fendu crâne di fétiche sacré!...A mort li Blanc!

Eh bien, nous voici dans de beaux draps!

Demain, quand soleil se lever, les Babaoro'm mettront à mort toi!...

Ça va mal, Milou!... Comment ce fétiche a-t-il pu se trouver dans ma case?... Qui donc m'a joué ce mauvais tour?...

Mais la nuit venue...

Coco!...Toi ici!...Nous sommes sauvés!...

Nous voilà libres!... Heureusement, tout le village dort... Non, là-bas, une case reste éclairée ...Ah! mais c'est la case du sorcier...Allons voir...

Eh bien, qu'en pensez-vous, Muganga?... Pas mal, le petit truc du fétiche, hein?...

Le sorcier et mon voleur d'auto! C'est eux qui ont machiné ce coup-là!...Eh bien, je leur réserve une surprise!...Retournons à notre case...

Vite, dépêchons-nous...

Pendant que je les filme, mon phonographe enregistre leurs paroles...

Et moi, sorcier des Babaoro'm, moi tenir encore longtemps ce peuple ignorant et stupide sous domination de moi...

Le lendemain, à l'aube...

Malheur de malheur!... li prisonnier li parti!...

Et quelques instants plus tard...

Li prisonnier!... Li voilà!...A mort!...

Du calme, sorcier, du calme!...

Pan! dans le mille!...

Y a-t-il encore des amateurs?...Personne?...Bon!...

Personne, vraiment?...

Maintenant, chers amis, je vous conseille d'ouvrir toutes grandes vos oreilles : votre sorcier va vous parler...

Le voici. Écoutez-le...

Et moi, sorcier des Babaoro'm, moi tenir encore longtemps ce peuple ignorant et stupide sous domination de moi...

Li sorcier li dedans?...

Li très méchant!

Ha!ha!ha! si eux savoir comme moi me moquer d'eux et de leur stupide fétiche!...

Ce n'est pas tout. Entrez maintenant dans cette case. Vous allez voir...

ENTRÉE LIBRE

26

J'ai l'impression que ça va mal finir...

Moi me demande de quoi y en a se passer dans cette case. Toi entendre ces hurlements?...

Sacrilège!... Li profane le fétiche sacré!... A mort!...

A mort!...

Toi y en a bon Blanc!... Toi y en a accepter être grand chef des Babaoro'm..

Ça va, ça va.

Le lendemain matin...

Allons, déjà une bagarre!

Quel pugilat!

Halte-là!...

C'est li y en a volé mon beau chapeau de pail-le!...

Non, c'est li y en a volé!

Qui dit la vérité?

Ah! c'est pour ce chapeau de paille que vous vous disputez?... Eh bien, je vais vous mettre d'accord tous les deux... Voilà!

Voilà Tintin qui joue son petit Salomon!

Li Blanc li très juste!... Li donné à chacun la moitié du chapeau!

Et ici, que se passe-t-il?

Qu'est - ce qu'il a, votre mari ?

Li malade, missié!... Hi! hi! hi!... Li mouri!... Li mauvais esprits y en a habiter dans son corps!... Hi! hi! hi!

Je vois ce que c'est... Rien de grave... Un peu de fièvre, seulement... Prenez ce cachet de quinine: vous serez vite guéri...

Eh bien, ça va déjà un peu mieux, n'est - ce pas?...

?

Moi y en a plus malade!... Moi y en a aller à la chasse!

Li Blanc est bon!... Li grand sorcier!... Li guéri mon mari!... Li missié blanc li boula-matari!

N'est - ce pas que nous sommes des as?...

Pendant ce temps - là...

Il a gagné la première manche, soit! Mais il ne perdra rien pour attendre!

Quoi nous on va faire?...

Écoute, Muganga, voici ce que j'ai décidé...

Moi t'écoute.

Et le lendemain...

Tu es bien sûr que c'est le chef des m'Hatouvou, la tribu ennemie des Babaoro'm?

Oui, oui, c'est li...

Alors, vas-y!

TAC

!

Les m'Hatouvou sont des poules mouillées! Les Babaoro'm leur déclarent la guerre! Le grand Chef blanc des Babaoro'm les conduira à la Victoire!

Ah! nous y en a être poules mouillées!... Ah! nous y en a être poltrons!... Nous y en a voir ça!... Mort aux Babaoro'm!... Mort à leur chef blanc!... Moi y en a décréter mobilisation générale!

Mon armée, équipée à l'européenne, et bien en-traînée, aura facilement raison des Babaoro'm.

Missié, li terribles m'Hatou-vou ont envahi notre ter-ritoire!... Li vont tous massacrer nous!...

Vraiment?... Soyez tran-quilles: je vais aller à la rencontre de ces terribles m' Hatouvou...

Tout seul?... Quelle im-prudence!

Eh bien, où sont-ils, ces fameux guerriers?...

Très bien!...Parfait!...Ça va!...

Li Blanc y en a tabou, chef!... Li jamais atteint par nos flè-ches!... Li grand sorcier!

C'est inouï! ...Je n'y comprends rien!

Amenez l'artillerie lourde!... Nous y en a bombarder li!... Nous y en a bien voir si li sorcier!...En batterie!

Attention!... Pièce pointée sur Blanc... Hausse: quarante-trois mètres cinquante...Feu!...

Malédiction!...Notre artillerie y en a détruite!...Par mes aïeux, moi y en a tuer moi-même ce misérable Blanc!...

Ça y en a pour toi, Blanc maudit!...

Et voilà!

Mais enfin, Tintin, m'expliqueras-tu ce phénomène?...

Et faites la paix avec les Babaoro'm, compris?...Sinon, gare à vous!

Toi y en a grand sorcier!...Toi y en a devenir roi des m'Hatouvou!

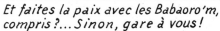

C'est bien simple. Cet électro-aimant que j'avais caché derrière l'arbre attirait à lui toutes les flèches et les sagaies. Tu comprends, à présent?...

Les ♪m'Hatouvou♫ sont des braves♪ et le Blanc-qui-n'est-pas-atteint-par-les-flèches♫ est leur roi!

Malédiction!

Et ce soir, Milou, nous allons à la chasse...

Encore la chasse au lion?...Peuh! si tu n'as rien d'autre à nous offrir...

Non, Milou, ce soir, nous allons à l'affût du léopard!

Ah! ah! voilà qui est intéressant...

Parfait, parfait!...Voilà qui n'est pas tombé dans l'oreille d'un sourd...

Bonne nouvelle, Muganga!...Le petit Blanc ira cette nuit à l'affût du léopard!

A l'affût du léopard?...Il a signé son arrêt de mort!...

Toi y en a connaître les Aniotas?...Non?...Ça y en a société secrète pour lutter contre Blancs. Quand un Aniota recevoir ordre exécuter chef noir favorable aux Blancs, li mettre costume et masque de léopard. A ses doigts, li fixer griffes de fer aussi comme léopard, et porter bâton avec bout sculpté comme pattes de léopard. Alors, Aniota li va tuer li Noir et laisser partout empreintes avec son bâton. Et tout li monde li croire li vrai léopard être coupable. Moi y en a être Aniota...

Ça mon costume... Alors, ce soir, quand li Blanc li sera à l'affût... Toi comprendre!...

Splendide!

À la nuit tombante...

Une belle nuit, pour l'affût...

Un léopard, ça ne doit pas être bien méchant... En somme, ce n'est qu'un gros chat...

C'est ici que le léopard vient, chaque nuit, se désaltérer...

Il ne nous reste plus qu'à l'attendre...

Crois-tu que ce sera long?...

Aouah!... Je tombe de sommeil...

AU SECOURS!...

?

A moi!... Au secours!...

Un serpent!... Mon Dieu! sauvons ce malheureux Noir!

PAN

Tiens, quel bizarre accoutrement!

Sapristi! mais c'est notre sorcier!

Toi pas tuer moi!... Pitié, missié Blanc!... Toi pas tuer moi!...

Voilà ce que je fais des serpents, moi!

Pitié, missié Blanc, pitié!... Moi y en a voulu tuer toi... Moi y en allais étrangler toi!... Mais ce serpent enrouler li autour de moi... Sans toi, moi être mort... A présent, moi être ton esclave, ô Blanc généreux!...

Et ton complice, où est-il?...

Li attend moi à la lisière de la forêt, sous le baobab...

C'est bon. J'y vais...

Ah! ah! son compte est bon!

Attention!... Le voilà, ce baobab...

Haut les mains!...

Personne!... C'est bizarre... Le sorcier m'aurait-il lancé sur une fausse piste?...

Que faire?... Retourner là-bas?...

Je ne sais pas pourquoi, mais je ne suis pas tranquille...

Approche, joli toutou, approche...

Tintin!... Que s'est-il passé?...Réponds-moi, Tintin!...Qu'y a-t-il?...

Et de deux!

Ficelons d'abord soigneusement celui-ci...

Au tour de l'autre, maintenant...

Et en route!... Je m'occuperai du chien tout à l'heure... si les fauves ne l'ont pas dévoré!...

Nous voici arrivés... Tout le monde descend!...

Regardez là-bas... Vous voyez?... Des crocodiles!...Je vais vous suspendre là, à cette branche qui surplombe le fleuve...Vous vous débrouillerez avec eux!...

Bientôt, la marée va monter... Insensiblement, les crocodiles se rapprocheront de vous et... Ha!ha!ha!fini de rire, hein!...Allons, je vous laisse!...Good bye!

Misérable!

Il n'y a pas de doute, j'ai déjà connu des moments plus agréables...

Allons! cette fois, je crois que c'est la fin....

PAN

PAN PAN PAN PAN

Eh bien, mon fils, j'arrive à temps, n'est-il pas vrai?...

33

Mais... je ne me trompe pas... Vous êtes Tintin!... Que vous est-il arrivé?...

Tout à l'heure, mon Père!... Vite, vite, délivrez-moi!...

Ça y en a Tintin!

Votre carabine, mon Père, vite!... Milou est en danger!

Pourvu qu'il ne soit pas trop tard!...

Le bandit!... il m'a lâchement abandonné aux fauves!

Malédiction! Un boa!

A moi!... Au secours!...

Wouaaah!

Courage, Milou!... Tiens bon!... J'arrive!...

Trop tard, mon Dieu! trop tard!

Mon pauvre Milou!...

Ça va mal! Je devrais prendre un peu de bicarbonate de soude...

CRAC

Mais... que vois-je?... Les pattes de Milou!...

Ça, par exemple, c'est curieux!... Je ne m'étais jamais aperçu que j'avais des pattes!

Halte, Milou!... Halte!...C'est moi!... C'est Tintin!...

Mon brave ami!...Dire que je te croyais depuis longtemps réduit à l'état de bouillie...

Halte-là!...Doucement, mon petit ami!...

Ah! tu as faim?...Ah! tu veux manger?... Eh bien, mange!...

Que fais-tu là, Tintin?...

Et maintenant, bon appétit!...

En route, à présent!... Allons retrouver notre bon missionnaire...

U-élé-u-élé-u-élé ma-li-ba ma-ka-si.

Nous voici arrivés à la Mission...

Voilà l'hôpital...Et là-bas, à droite, la ferme-école...

Voici la salle d'école... Là, au centre, c'est notre chapelle...Lorsque nous nous sommes installés ici, il y a un an, c'était là la brousse...

Quels as, ces missionnaires!...

Mon Père, ça y en a Père Sébastien li malade... Li y en a pas pouvoir nous donner notre leçon de calcul...

C'est vraiment ennuyeux... Je dois faire ma visite à l'hôpital...Et les autres Pères sont absents... Que faire?...

Je pourrais peut-être, si vous le désirez, donner ce cours moi-même, mon Père?...

Vous?...Au fait, pourquoi pas?...Oh! que je vous remercie!...

Tintin, professeur!...

Ça Tintin, li petit reporter!...

Ça y en a Tintin!...

Voilà vos élèves, mon cher ami.J'espère que vous en serez content...

J'en suis sûr. Ils ont tous l'air très gentil...

Mes chers amis, je vous présente Tintin, le célèbre reporter, qui a bien voulu, en l'absence du Père Sébastien, vous donner votre leçon de calcul...

Tintin, il y en a deux qui bavardent, là-bas. ...

Nous allons commencer, si vous le voulez bien, par quelques additions. Qui peut me dire combien font deux plus deux?... Personne?... Voyons, deux plus deux?... Deux plus deux égalent?...

Allons, qui peut me répondre?...Deux plus deux font?... Font?...Un léopard!!!

?

J'ai une idée!... Vite, l'é-ponge!...

Hop!... Voilà!...

Que fais-tu là, Tintin?...

Bigre! c'est difficile à avaler!...

Donnons-lui à boire, maintenant...

Ah! de l'eau!... Il est vraiment aimable, ce petit homme.

Ah! que c'est bon!... J'avais une de ces soifs!...

Oh! oh! j'ai des lourdeurs d'estomac!... Et voilà que je gonfle!...

J'ai compris!... L'eau qu'il vient de boire a fait gonfler l'éponge!... Voilà notre léopard hors de combat!...

Et maintenant, dehors, vilaine bête!...

Allons, ouste! à la porte!...

Voilà qui est fait... Nous disions donc... Deux plus deux font?...

Et qu'il ose encore se montrer!...

Ah! bandit!...C'est toi qui as malmené mon pauvre léopard apprivoisé!...Tu me le payeras, à moi, Jimmy Mac Duff, fournisseur des plus grands zoos d'Europe!...

?

Du calme, du calme!... Comment pouvais-je savoir qu'il était apprivoisé, votre léopard?...

Du reste, soyez sans crainte, il se remettra vite. Mettez-le à la diète pendant quelque temps...Et surtout, ne lui donnez plus rien à boire...Dans quelques jours, il n'y paraîtra plus...

?

Pour la troisième fois, je vous le demande, deux plus deux font?...

2 + 2

Mon cher ami, je vous remercie d'avoir bien voulu vous occuper de ces petits...A présent, venez: le déjeuner vous attend...

Et pour demain, je vous invite à une chasse à l'élé-phant qui promet d'être passionnante...

Le lendemain...

Ici, je vous laisse. Le rabatteur va vous conduire... Bonne chance!...

Il n'y a pas longtemps que l'éléphant est passé par ici: ses traces sont encore toutes fraîches...Prudence!...

Ça sent le fauve par ici...

Chut! pas de bruit... Le voilà!...

PAN

Je ne supporte pas ces scènes de carnage...

Malheur! ma balle a fait ricochet!...

Sauvé!...

Sapristi! il va déraciner cet arbre!...

PAN

Cette fois, il est touché...
Voilà des traces de sang...
Poursuivons-le...

Voilà des heures que nous sommes à sa poursuite, et nous n'avons pas même revu le bout de sa trompe... Je suis fourbu...

Mon vieux Milou, je suis éreinté... Arrêtons-nous, et prenons quelques instants de repos...

Quelle chasse!... Je suis à bout de souffle...

RRRON RRRON ?

?

PAN

?

Mon Dieu, c'est ce singe qui a tiré!...

BROUF!

Quel était donc ce bruit étrange?...On eût dit que...

41

Mon éléphant!...Mort!...

Quelques heures plus tard...

Quand je raconterai que j'ai tué un éléphant...

Pendant ce temps, à la Mission...

Tintin a échappé aux crocodiles. Mais, cette fois, il ne m'échappera pas, je le jure!

Vous voilà, mon cher ami! Ah! que je suis heureux de vous revoir!... Nous commencions à être inquiets...

Tiens, un autre Père...

Prenons ce raccourci, voulez-vous?...

Volontiers, car je vous avoue que je me sens assez fatigué...

C'est vrai, vous êtes bien lourdement chargé... Donnez-moi votre carabine... Je la porterai moi-même...

A ta place, Tintin, je me méfierais...

Et maintenant, mon ami, haut les mains!...

?

?

Oh! mon Dieu! que vois-je?...

Quoi?...

Voilà pour toi, forban!...

Mais... je le reconnais!... C'est encore mon passager clandestin!...

Knock-out!... Fouillons-le maintenant, ce gredin...

Hein?... Quoi?... "Instructions relatives au reporter Tintin"... Ça, par exemple! que signifie?...

Voyons cela de plus près...

Attends, mon gaillard...

Et voilà, mon petit ami!... Ça t'apprendra à être moins curieux!

Ligotons-le solidement...

Et en route!...

Voilà, nous y sommes...

Larguez les amarres!...

Bon voyage, monsieur le reporter!

Le bandit!...Il m'a abandonné au fleuve...

Quel est ce grondement sourd?... On dirait...

Horreur!

?

Sauvé!...Mais pour combien de temps?...Pourvu que cette branche tienne bon!...

Pendant ce temps...

Vite, vite, à la Mission!...Il faut absolument sauver Tintin!...

Quoi?...Qu'y a-t-il?...Milou ici, seul!...Mais alors...

WOUAH! WOUAH!

Il a dû arriver malheur à son maître...

Fasse le ciel qu'il ne soit pas tombé à l'eau!...Le courant l'aurait entraîné vers la chute...

Le voilà!...Mon Dieu! comment le tirer de là?...

Il n'y a qu'une chose à faire: tendre deux cordes entre les rives. De cette façon, peut-être, pourrais-je le sauver...

Courage, Tintin!...

Ne bougez pas!...Je vais vous détacher...

J'ai plutôt l'impression que c'est moi qui vais les détacher...

Ciel! que vois-je?...

Allez-y, mes amis!...Dans quelques instants, je serai débarrassé de vous...

Vite, Milou, vite! il faut à tout prix l'empêcher de réaliser cet épouvantable forfait...

Vite!...Plus vite!...Ah! pourvu que j'arrive à temps!...

C'est le moment... Allons-y!

Vous voilà hors de danger...

Et une fois de plus, grâce à vous!

WOUAH!
WOUAH!

Oh! là-bas, quelqu'un qui s'enfuit!...

C'est lui!...C'est mon agresseur! ...Vite! poursuivons-le!...

Cette fois, il ne m'échappera plus!

Mon brave Milou!...Sans toi, nous étions bel et bien perdus!...Tu as été merveilleux!

N'est-ce pas?...

Et maintenant, plus de repos avant que cette brute ne soit hors d'état de nuire!...

Tout à fait d'accord!

Il faut absolument que je sache ce que contient l'étrange lettre que possède ce forban...

Sa piste est toute fraîche...

Tonnerre! il m'a encore échappé! Mais, cette fois, je vais soulever contre lui toutes les tribus de la région!

Là-bas, le voilà!...

Wouah! Wouah!

Tonnerre, il était à ma poursuite!... Eh bien, tant pis pour lui!...Je vais l'abattre comme un chien!...

Wouah!

PAN

PAN PAN
PAN
ZZZZZ

PAN

PAN PAN PAN

ZZZZ

ZZZZZ

Tonnerre! plus de cartouches!...

Attrape ça, freluquet!...

Attention!...

Tintin, où vas-tu?...

Mon Dieu! je vais m'écraser sur ce rocher!...

BLUB

Dieu ait son âme!...

WOUAAAH! WOUAAAH!

La voix de Milou!...

Que se passe-t-il là-haut, maintenant?... Pourvu que...

Milou a disparu!...

Là, des traces de lutte!... Je comprends...On a enlevé mon pauvre Milou!...

Heureusement, les traces sont nettes et faciles à suivre...

Oh! oh! voilà quelqu'un qui n'est sans doute pas étranger au rapt de Milou...

Attention! approchons-nous doucement de lui...

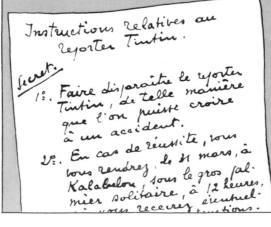

Oh! mais c'est bien simple, Milou!...Voilà comment nous allons nous y prendre...Écoute-moi attentivement......

Très bien!... Parfait!... Merveilleux...

Le 31 mars, à Kalabelou...

Attention! voilà mon homme!...

Good morning, Tom!...Et Tintin?...

Tintin?... Liquidé!...

Bien travaillé, Tom!...Le chef ne t'oubliera pas, foi de Gibbons!...Grâce à toi, plus rien ne s'oppose à présent à la réalisation de ses projets...

?

C'est magnifique!...Nous allons immédiatement câbler à Al pour lui annoncer cette bonne nouvelle...

Essayons de nous emparer de cette carabine...

Mais dis-moi d'abord... Comment as-tu fait pour te débarrasser de ce petit gredin?...

Euh... Je...

Eh bien, voilà...Je...Je me suis fait passer pour un de ses amis... Il avait déposé sa carabine contre un arbre...Alors, profitant d'un moment où il avait le dos tourné, je saisis sa carabine...

Très bien!... Et?...

Je la prends par le canon...Je m'approche...

Oui...Et alors?..

Alors?...C'est tout!...

Et maintenant, interrogeons ce gaillard...

Voilà pour lui faire reprendre rapidement connaissance...

CLAC

Tintin!!!

Lui-même, cher monsieur, en chair et en os!...Pas mal joué, n'est-ce pas?...Et maintenant, dites-moi qui est votre chef...

C'est Al Capone le Balafré, le roi des bandits de Chicago, qui avait décidé, pour augmenter ses revenus, de contrôler la production du diamant en Afrique... Lorsqu'il a appris votre départ, il a cru que vous aviez eu vent de ses projets, et il a décidé de vous faire disparaître. Il a attaché à vos pas un homme qui avait reçu l'ordre de vous supprimer... Cela fait, mes hommes et moi nous commencions à semer la terreur ici et...

Vos hommes et vous?... Où sont vos hommes?...

Nous devions nous réunir ce soir dans une case isolée, près de Kalabelou...

Bon!... Et maintenant, au poste de police!... Et marchez droit!...

?

Ça, par exemple!...Tintin!...

Mon commandant, je vous amène un prisonnier...

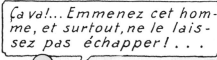

Ça va!... Emmenez cet homme, et surtout, ne le laissez pas échapper!...

........Et voilà donc leur complot percé à jour...Si vous le voulez, nous capturerons les autres cette nuit même...

Entendu!...

Et la nuit venue...

Ah! ah! les voilà... Tout va bien!...

Prends garde, tu vas te faire voir!

Gibbons ne rentre pas?...Ne vous en faites pas pour lui...Il ne tardera pas à venir nous annoncer que ce petit journaliste de malheur est mort et enterré!

Eh bien, que se passe-t-il ?...

Quel cross-country !...

Sapristi ! un léopard !...

Peut-être est-il apprivoisé, lui aussi ?... Léopard, gentil léopard !... Diable ! non, il n'a pas l'air commode, celui-ci !... Ah ! si j'avais une arme...

Peut-être ce siphon pourra-t-il m'aider... Essayons toujours...

PCHHHHH...

Ça n'a pas l'air de lui plaire beaucoup, l'eau gazeuse...

Que pourrais-je trouver d'autre ?... Ce miroir ?... Après tout, pourquoi pas ?...

Quelle horrible bête !...

Et voilà !...

Continuons donc seuls, puisque nos porteurs nous ont abandonnés...

Tiens, des girafes !... Nous allons les filmer...

Bien travaillé!...Cela nous fera un superbe documentaire, pas vrai, Milou?...

Oh! un rhinocéros!...

Charmante bestiole!...

Un beau trophée de chasse en perspective...

PAN

PAN PAN PAN

Rien à faire! Mes balles n'arrivent pas à percer sa carapace...Comment faire pour en venir à bout?...

Il est blindé, ma parole!

Attention...

D'abord, un petit trou...

...dans lequel je place une cartouche de dynamite...

Déroulons le cordeau Bickford...

Une allumette, maintenant...

SCHHH

BOUM

Vlan, ça y est!...

Sapristi! je crois que la charge était un peu forte!...

Attention, le voilà!... Ma catapulte est prête... Une... deux...

Hop!...

Que penses-tu de ce projet de statue?...David et Goliath...

N'est-ce pas que je suis photogénique?...

Sauve qui peut!...Un buffle, passe encore, mais cinquante, c'est trop, beaucoup trop!...

Ça va mal!...

Je ne rêve pas... On dirait un bruit de moteur...

Là-bas, un Blanc poursuivi par un troupeau de buffles!...

Mon Dieu! je sens déjà leur haleine sur moi!...

Essayons de le sauver...

Ça, par exemple! une échelle de corde!...

Une tanière!... Sauvé!...

Quel choc!...

!

Il était moins cinq, pas vrai?...

Merci!...Mais mon chien est resté là...Il faut atterrir...

Jamais de la vie!...

Je ne puis pourtant pas abandonner Milou!...

Milou?...

Milou?... Vous avez bien dit Milou?...Mais alors, vous êtes Tintin?...

Oui, c'est moi...

Ça, par exemple!...Voilà plus d'un mois que nous sommes à votre recherche!...Nous avons reçu mission de vous ramener en Europe!...

Demi-tour, tout de suite, et atterris... Le passager que nous venons de prendre, c'est Tintin... Son chien Milou est resté au sol... Il faut le retrouver...

Et maintenant, à sa recherche!...

C'est près de cette petite éléva-
tion que je l'ai perdu de vue...

Hélas! je ne vois rien...

Milou!...Milou!...Milou!...

Mon pauvre Milou!
...Aurait-il été
piétiné par ces
monstres?...

Wouah!...
Wouah!...

Mon vieux Milou, ce monsieur
était à notre recherche. Il va
nous ramener au pays...

On retour-
ne à la
maison?...
Chic!...

Je crois qu'une nouvelle
mission va vous être
confiée...Il s'agit, je
pense, d'un reportage
à Chicago...

Tout est paré?...O.K.?...
Alors, en route!...

Adieu, Afrique, où il me restait encore tant de choses à voir!...
Et en route pour l'Europe, en attendant l'Amérique!...